História do leite

Mónica Ojeda

Tradução:
Ayelén Medail

jabuticaba

Dados Internacionais de Catalogação na Publicação (CIP) de acordo com ISBD

O39h	Ojeda, Mónica
	História do leite / Mónica Ojeda ; traduzido por Ayelén Medail. - São Paulo : Edições Jabuticaba, 2021. 144 p. ; 14cm x 21cm
	Inclui índice ISBN: 978-65-00-34718-0
	1. Literatura equatoriana. 2. Poesia latino-americana. I. Medail, Ayelén. II. Título.
	CDD 868.9936
2021-4280	CDU 821.134.2(866)

Elaborado por Vagner Rodolfo da Silva - CRB-8/9410

Índice para catálogo sistemático:
1. Literatura equatoriana 868.9936
2. Literatura equatoriana 821.134.2(866)

Revisão: Rodrigo Alves do Nascimento e Marcelo Lotufo
Tradução: Ayelén Medail
Design miolo: Pedro Spigolon
Design capa: Marcelo Lotufo
Imagem da capa: Aline Araujo

ISBN 978-650034718-0

9 786500 347180

Edições Jabuticaba
www.ediçõesjabuticaba.com.br
www.facebook.com.br/Edjabuticaba
instagram: @livrosjabuticaba

ÍNDICE

História do leite

Olhar na noite o que a noite dissimula,
a outra noite, a dissimulação que aparece.

Maurice Blanchot

On my volcano grows the grass,–
A meditative spot,
An area for a bird to choose
Would be the general thought

Emily Dickinson

[Cai amadurecido o fruto que no verbo ardido lambeu suas
/costelas ao sol;
mais de 365 verões de sua carne em osso negro constelado

amolecem-se

Roda o fruto sobre a pele arqueada das papoulas

Abre-se

De seu epicentro nasce uma segadeira como uma pálpebra de
aço fechando-se na bruma batismal de seu ondear

– Isto é o primeiro que verá – sentencia o galho despojado
do peso de sua cabeça – antes de atravessar a raça do outono]

I
Estudo inicial do sangue

+

Papai, você queria um filho e
        no entanto
nasceu esta cabeça

Uma planta que cresce para dentro

        Uma unha
        Uma represa

Por isso você disse
calado para a placenta: “UM FILHO É UM HOMEM”

Você acreditava que sê-lo era ir pescar

        pescar a vida

                tirá-la da água

e me leva à pesca para que eu aprenda a ser um homem
para que eu tire da vida algo morno que matar

        “Matar te faz homem”, você me disse

Você acreditava que sê-lo era ir risonho para a caça
Enfiar um rifle em um coração com chifres

        estourar o crânio da vida

você pensa que isso que o bosque inventa é um homem
e me leva para caçar contigo para que eu enxergue

você me ensina a disparar contra uma árvore
contra uma nuvem ainda criança no meu cérebro

porque penso fácil demais, você diz

porque penso coisas que se atravessam

Porém, um homem não arde de útero

diz a-mãe-manca-das-axilas

nem sangra nos corredores
nem rega seu leite nas ecografias abertas
nem enfia o dedo indicador
para tocar em Deus
num vulcão de pélvis

Uma filha mata
mas como um homem respirando ao contrário
no meio do bosque.

Um amor umbilical rodeando-te a maçã:

uma filha é um olho que morde
– uma mandíbula de leite –
um anzol sob o céu dos cabelos

Por isso "pesca a morte", diz mamãe lambendo a espingarda

“caça a vida”

como uma filha que é um homem e uma cabeça
como um rio em um lençol de dentes mastodônticos
e o sexo aberto das balas
pingando sobre a bancada

+

Hora de fugir
da mãe

A origem é uma agulha
escrevendo os nomes dos mortos
nas pupilas dos peixes

Cegueira oceânica

Sem imagem resta apenas o sentido do invisível
e uma ponta ensanguentada como linha de saída
/para a superfície

Enquanto tomas ar
a escrita se umedece de futuro

+

Meu pai me engendrou sem ruído

Criou-me
            sem palavras novas

Muito dentro
no fundo de seu esqueleto
crescem minhas idades

Crescem os verbos
que ele pesca
e cuida na terra de meus ouvidos:

            "Pronuncie palavras velhas, princesa"

É um ritmo repetitivo
esta fala de seu sangue

Pratico-a com as vértebras e os dentes
com os seios
e com o choro de meus joelhos ao dobrar-se

            Esta é a linguagem
            de meu nascimento

A história para onde vou só
e invento
desde o centro de seu ventre

+

E mamãe me disse:

“Terei uma filha rota
e a pentearei com todos meus dentes

Vou lhe ensinar
a dureza de calçar os sapatos
e lavar o rosto
para ir limpa
ver as borboletas no verão

Vou lhe ensinar
o brilho dos bisturis

A convidarei
ao circo das conchas sujas
se quebrando

E quando ela
        rota de renascimento
pedir para desnascer
        como pedem todas as filhas rotas
abrirei minhas pernas:

a convidarei para reencarnar
para voltar ao primeiro grito

ao único
aquele que não costura”

+

E ao papai disse:

"Papai,
te devo a noite dos canhões
que ainda durmo
com as pálpebras abertas"

+

Uma mãe alimenta-se de seus filhos
morde suas artérias e faz gargarejos com seus rios;
        mansos presságios
        da carniça de Deus

+

E papai e mamãe pronunciaram ao norte:

"Amadureceram nossos frutos
Devemos comê-los antes que apodreçam"

E enquanto abríamo-nos rumo à queda
você e eu nos olhamos pela primeira vez duplicando o peso
/do galho

"Eu sou sua irmã", você me disse

Você é minha irmã

Você é princípio
luz
água na areia

Meus passos afundam para o oásis contigo

Só construímos o nosso sangue
quando o limpamos
da família

II
Matei minha irmã Mabel

Como a maré na praia devias ultrapassar-me
mas tua morte crescia mais rápido do que o meu amor
delicado espinho do ouriço

Efraín Jara Idrovo

[+]

Escuta isso que se quebra

Vou repetir o ruído disso que se quebra

Minha voz enruga-se sobre a velocidade rendida de teus
/passos em minha língua
mas teu corpo sabe abrir-se para o verde tempo da fratura
como uma flor agonizando seu nascimento

É verde o rio do teu riso, Mabel,
por isso deixo que você se arraste nas correntezas
dos pastores mordidos pela ovelha de teu cabelo

O resto dos dias o ruído disso que se quebra entorta
/os lábios da terra
A vida emudece: somos irmãs

Este sangue é saliva que limpa a calma em nossa testa

Agora você tem a testa rota e os cachorros chovem
/a morrer-te.

Acaricio você com todo meu sangue

Transmuto em eco para que você entenda que o nosso
inimigo é o som quebrando-se:

para que você aprenda a rugir seu rastro de fantasmas e hienas para que você repita o verbo do seu nome

Acaricio você com todo meu sangue, Mabel

Construo com minhas mãos o ruído disso que se quebra

as tuas são a oração de uma espécie remando seus espantos através das árvores na língua de nossa mãe.

Com minhas mãos repetirei o ruído do universo caindo

Com as ruinas de tua testa inventarei uma nova testa para mim

[A completude que se rompe é como o vento suspirando]

Com minhas mãos vou masturbar o vento para que suspire

Que os gritos do meu nascimento molhem a entrada desta
/montanha

Que a repetição desse ruído estoure a folha de leite em teus
/olhos

[+]

Esta é a história da persistência de uma folha. A folha é o meu coração doente guardando o cadáver de Mabel. Guardo a minha irmã das lacraias e a enterro em meus ossos para me endurecer com suas palavras de bondade. Alimento suas bonecas decapitadas e as perco na borrasca

Rasteja meu coração doente

Os olhos da minha mãe estouram o poente de sua vida-filha ancorada na minha para sempre. Cospe-me saliva que conheço e que mato no paredão familiar

Rasteja meu coração doente

Meu coração é uma tumba febril na qual o pensamento de Mabel se expande. Sua cabeça repica nas trevas: a pálpebra da minha mãe bate as asas na janela deste crime [OLHA MINHAS MÃOS | CORROEM OS ASTROS LUMINOSOS | PARA ACENDER-SE DE BURACOS DE TEU TEMPO]. Seus olhos são medusas limpando a noite e a profunda intimidade do luto

> [Dentro de meu amor, há muito tempo, achei uma crisálida. Pulsava como um verso cruzando a respiração da beleza. Curava as feridas dos peixes. Com os anos transfigurou-se em chaga; aprendeu a doer e encheu

de crostas a honestidade em minhas palavras. Meu amor então começou a apodrecer pelas vibrações de uma crisálida baleada na garganta de meu amor, nos olhos de meu amor, nas mãos de meu amor. Porém na borrasca nada treme se não treme nosso galho]

Meus olhos viraram-se para o fundo de mim
buscando a verdade daquilo que está proibido

O corpo de Mabel se abre e é uma mandíbula que gargalha seu mal

O corpo de Mabel se abre e é uma mandíbula que morde sua glória

[+]

Mordi flores para que você nascesse em mim com pétalas verde-azuis no umbigo, sorrindo meu coração como um ninho que mergulha altas pelagens em meu peito

Você cobriu o pássaro nu que treme em minha mente

Você o alimentou com tua saliva e inventou um ovo roto em suas ladeiras. Em um passo caiu meu amor em teus joelhos e dormiu para já sempre sonhar em você

Desde então seu olhar é o nosso lar de bambuzais brancos cantando as horas ao contrário de um terço

Porém contigo avanço para a infância

Meus dentes recuam para o interior das gengivas para despir-te: você me ensina a delicadeza no golpe

a pétala no dente canino

E eu desosso a entrada deste ninho de água
deslizo-me enquanto danças como um esqueleto queimado na borda da vida

Você abraça o pássaro nu:

ferida branca,
treme em minha mente

[+]

Levei teu cadáver para o quarto mais escuro de nossa casa

Lambi os rastros da minha violência sobre teu corpo

Flácidos,
como lesmas nuas,
escorregaram do meu cansaço teus restos brancos
    pequenos cárceres do ruído das lagostas,
    radiografias negras da praga esquerda de nosso amor

Feridas florescem do eco das lamúrias que você deu quando te amei com golpes rotundos em tua testa

Teus restos eram miniaturas de neve se derretendo em caminhos de sangue e leite fresco da mamãe

Seu leite, mar morto de maternidade,
engordou teus ossos uma lua antes
de você descobrir águas mais profundas

O calor te encolhia sobre um colchão de memória incompreensível

Arrasto tua morte pelo cabelo e a alimento com a culpa que pesa em mim

Arrasto tua morte com a orfandade que o fratricídio me deixou,
mas, Mabel,
eu tinha de morrer-te para conhecer o sentido da justiça

Eu tinha de morrer-te para te olhar eterna,
para dissecar teu espírito de pomba ao pé dos templos das
/harpias

Você era o fogo delusório da caverna;
as sombras de minha consciência enfebreciam tuas chamas
Porém a verdade não estava na origem aparente das formas,
mas sim na opacidade
de teu culto à transparência.

Tive de morrer-te para estudar o interior de tua sombra branca
e beijá-la com o desejo das primeiras imagens
que povoam esta cova na qual limpo até o teu nome

Numa esquina do cômodo
respira uma Piedade monstruosa;
reclama teu corpo para seus braços tortos de inverno

Diga adeus para a velha mãe,
santa da lepra

Apagado seu desenho aberto
teu cadáver é apenas um depoimento visível
da minha capacidade de criar

[+]

Corta o galho com tua língua dentada,
Madonna serra,
como se fosse o fio pródigo de nossas vidas
e você uma espécie de Parca Mãe entre a aurora apodrecida
agitando o seio igual pêndulo sobre minha boca

Uma artéria explode e reluz contra os cristais de teus olhos

Você quer doer em mim ao relento,
lançar em meus lábios o *rigor mortis* de tua menina
gemendo a manhã menor?

Sua morte tinha a cor de Deus e dos poentes em água queimada

Eram esses céus seu corpo em *livor mortis:*

você não sabe qual paraíso arranha na morte!

Porém tua sombra lateja uma justiça de tempos de árvore:

é uma chaga que concentra a dor das religiões
o sacrifício atravessando a história do leite
e das lembranças que enforcam o mistério

Encontrei lã pendurada em tua ramagem de agosto
Tentei funcionar como um fruto cujo sangue bebeu cada centímetro da paisagem

Mãe, você me abandonou,
mas fez certo:
eu matei tua bebê

Os escorpiões de Raguna cresciam na minha mente cada vez que lambia teus mamilos líquidos de horas estilhaçadas

Hoje seus ferrões ocultam-se no rosto do rebanho de tua vingança

Eles planejam um assassinato higiênico

Madonna machado, escuta meus sentidos:
Raguna nunca será a mesma após o turbilhão em teus músculos

Unsexmehere, roguei ao sagrado nada quando transpassei a traqueia de tua menina com o gládio do meu desejo

A true creation

Unsexmehere
e o cosmos vermelho brotou da sua vida me afundando de
/infinito gozo

[O prazer é a descoberta da violência,
murmurei contra o púbis de seu *algor mortis*]

Na profundeza barroca da carne que suspende suas palpitações
encontrei a carniça do universo ardendo:
a destruição é criação,
por isso a continuidade nas cinzas à margem de seu fundo

Unsexmehere, Mãe:
tua carne roça meu espírito renascido

O verbo dissolve-se como gelo no qual urinas de costas a meus olhos

A destruição é criação

Olha tudo o que cresce no cadáver de Mabel:

olha as hortênsias,
os vermes,
o condor de uma asa só
que varre as raposas lunares do seu ventre

Seu desenho desgela-se sob o calor do meu desenho
/erguendo-se,
poderoso, como um punho de escrava,
por cima das moscas que a comem
e fazem amor com ela em pleno voo

Abre os olhos
e olha tudo o que cresce na morte de Mabel:

sob suas unhas lutam rinocerontes machos que rasgam os tecidos de meu coração

Levo suas unhas nas minhas orelhas como caracóis e escuto o mar queimando em negrume a lubricidade dos morcegos

Olha tudo o que cresce em seu silêncio perfeito:

miragens na dança dos areópagos

Somente renasce o que começa a morrer

A destruição é criação

[Interrupção do discurso poético:
segundo a ciência, o assassinato é
uma mudança na matéria; as religiões
rezam que matar é transcender
o corpo para o subsolo; a arte
imortaliza a pulsão de acabar com
o outro vasculhando na radiografia
de uma respiração que se agita; mas
matar não é descenso nem ascenso,
não é estudo, mas sim revelação do
sentido de uma cascata que limpa]

Olha tudo o que minha força nua libera sobre Mabel:

diluviam seus órgãos como um espectro que ilumina minha cabana. São jardins em miniatura abarrotados de silêncio e no silêncio semeado de seu calcanhar, me pergunto: haveria pensado que isso era ódio?

Seus últimos gritos esculpiram minhas mãos para me deixar uma mensagem sobre sua dor de partir

Haveria pensado, enquanto moldava meus punhos contra sua carne, que era ódio?

Seu adeus deixou jardins pequenos em meus dedos

Um bafo esquenta meu rosto quando acaricio sua ferida como animal em medo: haveria compreendido que quebrá-la era um gesto de limpeza para o amor?

Apresentei minha força nua para ela enquanto chorava de
/beleza
Numa noite de sol se deixou apagar para me mostrar o cheiro do sangue sorrindo-me ocasos por vir

Reguei o interior de tua menina sobre meu branco coração, porém, mamãe, apenas posso amá-la se apodrecendo nas laranjas do meu café da manhã.

Presenteio-te a música de sua decomposição

Fabriquei um delito sem corpo:
sua infeção é um olho que flutuará eternamente em teus céus

Ocaso:

morrer algo
para que continue acontecendo
eternamente

▼

Brincávamos com botões frios sobre tuas pálpebras ainda férteis em primavera; botões redondos como arrancados da roupa glacial de Deus

Você permanecia tão quieta que parecia uma rocha no meio do tempo. "Há peças que não podem ser engolidas: jamais as levem para o pensamento", dizia nossa mãe suspendendo o livro dos abismos sobre tua cabeça e a minha: dois monolitos beijando-se à beira da quebrada em Raguna

O começo era essa magnífica girafa que você usava para escalar por cima da minha sombra: uma trança de eventos messiânicos e de balanços quebrados da nossa infância

Por instinto pressionei tuas sílabas para lançarem gemidos em cascavel-mol [uma linguagem de ternura em orgasmo sideral] todas as noites em frente da tua fogueira murchando sozinha

Assim cantávamos o mundo enquanto os ratos cegos dormiam em teu travesseiro. Os alimentávamos com descrições do ventre de mamãe e medíamos as diferenças entre teu nome e meu nome

[Apenas o princípio é fruto maduro]

▼

Você abriu as pernas dentro de minha sombra

Unimos os dedos tantas vezes na penumbra que crescemos uma memória do fogo da nossa carne em Lascaux. Sua imagem tremendo iluminou os escombros nos quais você dormia dias à deriva animal do poema

Era um prado de brinquedos absurdos o conhecimento dessa experiência: uma intuição afiada da natureza examinando o tamanho dos primeiros gestos sobre a pedra

Enquanto você pintava o vazio interior das águas, o universo da minha sombra expandia-se com teu corpo dentro adormecendo de gelo

Nesse momento você contava as galáxias de olhos fechados e tinha pesadelos de ouvidos abertos

Os condores eram o único sopro de Deus esbarrando-se contra o fogo incessante do oceano

Você se lembra do espetáculo de suas asas como navalhas na água?

Teu sorriso foi meu sorriso e me pertenceu como o acontecimento único de teus passos sobre meu corpo estendido na temporada maiúscula

Você caminhava em cima de mim como um morto sem sexo e dessa aparente neutralidade se afastava e me anunciava que eu te mataria

Mabel, quando criança você me perguntou:

– Você gosta do sabor do sangue?

– Eu gosto. Sabe à linguagem – respondi

Você olhou para o horizonte do oceano se queimando

– A dor é cheirosa como o sangue. Por isso tem que ser eu a que caminha por cima de você igual a um morto sem sexo

Ratos cegos dormiam em teu travesseiro enquanto eu pedia:

– Mana, por favor, minha maninha: fecha as pernas dentro de minha sombra

E você me disse:

– Em alguma noite de sol você regará meu sangue para que nasçam papoulas em meu nome

– Chorarei de beleza?

– Chorará de beleza.

▼

Você não gostava da primavera porque era uma mulher estuprada pelo vento. Suas flores abriam tuas pálpebras inchadas de tanto chover sobre as silhuetas

Há cores que ardem o silêncio

(assim dizia uma passagem do livro dos abismos)

Nossa mãe enterrava seus pés para ler o livro de costas para os lobos de Saturno. Dizia que só assim podiam ser vistos os fantasmas completos em suas folhas

– Sem eles não há abismos – dizia –. As palavras são fantasmas que atravessam todas as coisas

– Pobres fantasmas – você disse –: não podem transformar os objetos nem o tempo dos balidos

– Não podem criar nem destruir, é verdade, mas acontecem

"Quantos aconteceres invisíveis nos atravessam sem levantar-nos?",

você pensou com fantasmas completos

"O que é isso que dorme atrás da minha forma quando medimos o tempo através dos lentos batimentos de um coração de rebanho?"

Acontecimento: essa vontade de triturar-te até a sombra

– O que acontece não cria nem destrói, porém cresce no interior como uma planta na lama chegando aos mil metros de altura na imaginação – você disse, e tua voz fora da consciência era uma cebola soltando suas camadas para saciar a fome dos ratos

▼

Nossa mãe lia fantasmas completos à noite

Intrigadas pelos pés dela enterrados aos lobos de Saturno buscamos o significado de abismo:

1. s. m. Profundeza grande, impotente e perigosa, como a dos mares, de uma ferida, de um algar...

2. s. m. Realidade imaterial imensa, insondável ou incompreensível

3. s. m. Diferença imensa

4. s. m. fig. inferno (lugar de castigo eterno)

– O problema essencial – você disse – é que a morte seja uma planície habitada por fantasmas completos significando entre si

Nossa mãe recitava passagens do livro dos abismos ansiando um simples acontecer: a magia. Um evento clássico do interior

Enquanto isso, você me pedia em sonhos que atirasse teu cadáver nos estábulos porque um cavalo nunca pisaria em um morto

[o maduro é um projeto de decomposição]

▼

Antes do livro dos abismos não existia a verdade
Agora a verdade existe e é um monstro incompreensível

Em Raguna disseram que a vontade de fazer mal era algo oculto na natureza, por isso no livro dos abismos havia passagens como:

1. *Serás espanto e glória no sangue, na areia, na cal, no espírito de pardal sulcando o nariz dos vulcões quando dormem. O corpo de tua irmã será o Éden e tu a serpente celeste. Não criarás: não matarás. Respeitarás o templo. O assassinato é apenas privilégio dos deuses*

2. *Iluminarás tua sombra para que seja clara como fruta pendurada do galho da árvore do conhecimento. Torturarás a escuridão de teu corpo contra as superfícies das coisas até grasnar como uma gaivota destripada pelo sol. Desprezarás a maciez das patas dos coelhos. Porém não matarás: o assassinato é apenas privilégio dos deuses*

3. *Apesar do mandato divino matarás, serpente celeste, grito da paisagem, criatura rastejante de Raguna. Serás o anverso que constitui o eixo deste livro sobre a peste de teu signo na água; o abismo do abismo na sombra e da primavera em tuas pálpebras molhadas de segunda-feira. Os fantasmas completos te atravessarão como atravessam todas as coisas que existem depois de serem observadas. Matarás: mas doerá em ti para sempre porque o assassinato sem culpa é apenas privilégio dos deuses*

▼

Eu queria me parecer com esse morto
que não pisariam os cavalos selvagens de
tua testa

(eles dançam o medo driblando teus restos
futuros)

Eu queria incorporar você em mim como
uma caveira brilhante e impronunciável que
prendesse o Grande Poema de teu Sangue

Brincávamos para assinalar as diferenças
entre teu nome e meu nome no meio das
verdades mais bárbaras

Você beijava minha silhueta sobre as rochas
e dizia que eu tinha sabor de alumínio
com os relâmpagos mostrando o som da
brancura do inverno

Assim trovoava teu interior cavando
rumo ao futuro uma tumba parecida a
um incêndio debaixo da água

Você abraçou fantasmas completos tão
distantes de meu silêncio que bati na minha
boca para cuspir os versos que nos uniam
sobre as frágeis raízes familiares

E assim conheci teu sangue através de meu sangue:

Vi você em minhas águas se derramando sobre as pedras nas quais mamãe, muito tempo depois, iria querer me destroçar

Teu sangue era o rio que limpava os pés dos ofegantes; uma agitação ao fundo dos rostos que se foram e que virão para continuar a cheirosa história da cólera

Teu sangue era isso: o sentimento da força e do nada comovendo os espíritos dos condores caindo reto contra o mar: carniça de Deus

Agora é um campo de papoulas batendo corações de vitela podre em teu nome de epopeia elétrica. Suas aortas abrem-se e deixam sair abelhas furiosas que fizeram da morte de Deus uma colmeia

Teu sangue corre como toda a água queimada que os cavalos desviam

Floresce nas colmeias porque teu sangue é meu sangue e todo o sangue que sorri desnudo zumbindo o coração das Fúrias de mamãe

Drena o mel de tua tumba florescida [o produto do crime] mas aqui está você, quente, em meu ninho de fantasmas completos, porque tuas águas têm sabor de linguagem que não sei morrer

"Agora te presenteio o Grande Poema de teu Sangue", disse a morte de Deus apertando os botões da camisa enquanto você se derramava dentro de minhas águas

E você começou:

– A humanidade surge do medo

Odeio-te e você me odeia, mas porque sofremos poderemos nos tocar

– A bondade surge do medo

Você me odeia e eu te odeio, mas porque tememos poderemos nos perdoar

Essa é a origem do sangue

Nada disso estava escrito no livro dos abismos, então acrescentamos um capítulo

III
O livro dos abismos

Que aquilo que se escreve retumbe no silêncio
para que o silêncio retumbe longamente
antes de voltar à paz imóvel
entre a que continua velando o enigma.

Maurice Blanchot

dragging his hunger through the sky
of my skull shell of sky and earth

Samuel Beckett

Todos os pensamentos são semelhantes
aos gemidos de uma lombriga
pisada pelos anjos.

Cioran

*

O hálito de um órix acorda a montanha,
te acorda junto a ela e acorda os velhos leões:
é hora de almoçar

Todos os dias em tua mente existirá um deserto sepultando
/a caveira da poesia;
tu a levarás ao exílio para te defender da inclemência de tua
/sombra
estendendo-se sempre com movimentos de astros obscuros
/sobre as veredas

Tua sombra é o reflexo mais antigo de teu corpo

Porém, a cada manhã a caveira da poesia pesará um pouco
/mais do que ontem
E tu a arrastarás até o topo da montanha como uma
/constante de vapor
nublando os sentidos dos caçadores;

uma ameaça coberta de areia pelo vento e varrida com tua
/única asa

Suas cavidades livres embaçarão teu interior
e escaparás manchando de sombra uma dor antes temida:
uma febre amolecendo os picos e tingindo a relva de
/varejeiras

Apesar do fracasso, não soltarás a cabeça do mistério:

a subirás para a montanha
com o peso de sua mandíbula te empurrando até os chifres
/em manada

Descansarás com ela em um ninho improvisado
Brincarás com suas cavidades abertas à noite

Não serás curada pela carne, porém no dia seguinte essa
/será tua casa

*

Alguns dias facilmente conseguirás fugir das raposas

Cortarás o vento com tua asa sagrada,
ereta como um membro encaixado na boca dos céus e descerás
direto à carniça que parece uma sinfonia, mescla de vibração
de vermes e aludes em ares animais

Levarás a caveira da poesia sobre o lombo retorcido de tua
/mente
mais pesada e mais abril que a porcelana das aves quando
/sonhas
anêmonas minguantes entre os orifícios das dunas

Habitarás a terra de Nod
Caçarás o que já fora caçado. Essa festa
da carne agonizante não é tua. Não te pertence.

Porém, a morte:
o alimento é um outro por quem não choras

Abrirás com teu bico a matéria de seu enxame:
saborearás a Deus na carniça

*

Diante do ar frio da nébula, te encontrarás sozinha
soprando tuas penas pela barriga pilosa do sertão

Isso não foi o que te prometeram:
juraram a ti uma pomba cega depois da insurgência

Tua plumagem cairá repetidas vezes como tua irmã morta
feita cinzas na alta memória dos condores

Esgotada, esfregarás o luto esmaltado ao relento:
porás um ovo escudado dentro de tua culpa

Um hálito de cântaro seco pugnará, a cada dois dias,
/as lagoas de tua descendência

*

Protegerás o ovo dos músculos do invisível
Seu branco do olho,
calado como o pensamento,
semeará redemoinhos na estrutura do universo em uma
/casca de leite

O Deus que te alimenta apodrecerá em todos os corpos de
/tua fome
A poesia será o aprendizado da morte

*

"Acabaste com tua irmã para fazer dela uma obra no caos
/da incompletude",
te dirá o crânio do poema como um oráculo de trovões
enquanto dormes entre o basalto e a trepadeira de suas asas
e levantas a tua com um gesto de hostilidade para a memória

Adormecida escutarás a clareza de sua palavra
vigiando-te por detrás da inconsciência

Toda profecia liberta-se da cal dos poemas occipitais,
dispositivos de futuro em órbitas desnudas

Suas orações serão toupeiras vasculhando na obscuridade de
/tua anatomia:
a revelação formará um círculo ao redor de uma costela

*

Negro é o pântano onde caem as focas como meteoritos de mar
nadando suas profundezas no peito gigante da relva de teu exílio
Seus fósseis acenderam a lâmpada de teus sonhos e essa voz
voando ao redor dos vulcões
te mostrará o passado como resina de insetos:
uma pedra que não pode ser iluminada
enterrada no fundo do sol

*

A poesia é a perfeição do morto:
o incorruptível, a selva encadeada

*

Em teus sonhos rapinantes escutarás a voz demente do
/crânio do poema
caixa estelar rúnica
oráculo vaginal que inventa a poesia nos subsolos de Marte
caracol cavalgando o futuro em versos de esporos caucasianos
esporos indígenas se mijando no vento planetário
dos códices
Nortes exorcizando cebolas e crinas em tua viagem do sangue
do umbigo do mundo até o clitóris do fim

Sua voz será cabelo de árvore
machucando-se na alvorada de teu bucho
porém tu és um condor: nada poderá evitar
que a profecia cresça em ti na digestão de uma pélvis

*

O ovo duna
ovo dente aos leões
ovo olho de cristal desprovido de lagostas
escacará sem ninho como a terra e os céus chacoalhando-te
sob o brilho dos pelicanos
aves agraciadas que mordem peixes e sereias
das costas do morto de água
ao festim de tua descendência

*

Serás um condor empurrando tua filha
da montanha ao abismo
onde brota o real

*

Depois da última obscuridade virá uma noite maior, calcária,
alienada de cortiços suspensos dos membros do cadáver oceânico

Teu Deus será o ruído incessante na água do poema

A água será a carniça mãe e sua decomposição penetrará na língua
obscena da terra

Virarás testemunha da estiagem. De tua sombra surgirão caudas,
barbatanas e luzes reproduzindo-se no nada transparente

Entenderás que no princípio nunca foi o verbo, senão a hérnia
O inicial prescinde da palavra que arrebenta a córnea da vida

Teu Deus-mãe é a carniça do mundo e cresce em cada criatura
/que cessa
sua fala desabitada de dor

Nadarás a mente na linguagem de teus mortos

IV
Mamãe cólera

O odor de sangue humano
faz-me gargalhar!

Ésquilo

*

Você golpeou três vezes interrompendo o momento no
qual eu varria tua filha debaixo do tapete dos leões

*

Knock
knock
knockin'
on hell's door,
badalava teu punho do outro lado do tremor universal

Não queria que eu te abrisse a porta, Mamãe,
porém você ainda não o sabia

*

O espectro do poente branco,
o último na arquitetura das tempestades,
acordou meu coração vegetal para os escorpiões
como um pedaço de beterraba ardendo no charco da minha irmã

(Seu charco expandido era
uma réplica exata
da silhueta do meu nome)

*

Você respirava as crostas da entrada enquanto
um esqueleto alegre atravessava os objetos luminosos
em cada canto da casa de teu ventre – nunca mais minha casa –

*

Assim começou a espoliação e tuas garras se deslizavam
como coágulos de gelo
pela porta que dividia meu crime de teu leite

*

Passaram-se mil anos desde que ando
desgarrada
no labirinto indômito de meu exílio

*

Teus golpes caem sobre os abetos derrubados em minha cabeça
Chamo-os de Erínias, pois fedem a montanha

*

Depois de limpar tua menina com minha língua
apanhei seu corpo afogado de galáxias e o desmembrei
para espargir sua glória cósmica sobre minha sombra

*

Pelos campos e estepes, caíram suas costelas
vértebras
e escápulas,
e das árvores pendurou sua carne flamulando sangue

*

Você cavalgou pela terra recolhendo os pedaços de minha irmã:
os encontrou junto aos penhascos e aos vulcões,
ocultos nas cavernas e na mata,
e assim você se questionou se haveria alguém deste mundo
capaz de reuni-los na lua

*

Você cavalgou pela terra agitando teu ventre como uma jiboia,
esperando, atrás de nossa porta equinocial,
uma torrente de espuma preta crescendo-te no ninho
da mandíbula

*

Teus dentes choravam naquela madrugada do dia de meu
nascimento

*

Você arrastava a dor para a sacada
derramando uma inquietude branca sobre a língua dos
filhotes de lobo

*

Em silêncio, acariciava teu ventre
quando era uma fogueira para os golfinhos
mas agora, é um maxilar no qual guincha a cólera

*

Teu olhar se exorbitou em direção aos quatro pontos cardeais
enquanto a caldeira de teu ventre engendrava
campos de algodões e aroeiras

*

Ensandecida, você pediu para as três iras dos mortos:
"Lancem sobre a assassina de minha filha
seu hálito de máquinas de aranhas"

*

Elas te responderam ao amanhecer:
"Nosso hálito é Deus apodrecido em teu ventre.

Nomeia-o na noite mais escura de tua cabeça
e nós seremos a pedra e as correntes"

*

Teu ventre então era uma orca pulando
sobre as costas da carniça de Deus

*

Você a levava abraçada a teus órgãos
com vermes azuis que serviam de bússola

*

"Mamãe cria cães em seu cérebro"
pensei correndo alto para o nada,
e arrastei um bosque de crânios roídos comigo

*

A voz do sertão sussurrou entre os matagais:
"Divino é o vento da montanha:
humano, o frio de teu pensamento"

*

Estando nos nevados e suas crateras
me perguntei tremendo de natureza:
"Onde fica minha moradia?"

*

Exposta ao granizo e aos gerânios de estio
me perguntei tremendo de natureza:
"Sempre serei ave de caça na
cordilheira dos ursos?"

*

"Corpo jacente de Deus,
água benta das bestas em suas costas:
conseguirei algum dia me sentir protegida
do leite canibal da minha mãe?"

Perseguição

No obscuro da aorta de um bisão atravessado pelo mar, rastejo,
          no centro da teoria humana mais violenta do poema

Teus braços umbilicais
          mãe-zebra nas planícies
enforcam a pré-história do leite de montanha
          leite de cal apagada,
          leite de figo em cristal,
          leite na rocha da pintura sagrada do caveira *poem*
gruta de natureza tátil para a Amazônia de tuas glândulas
recheias de humores:
          Big Bang de Deus para sempre morto nos maremotos
                                                            /amém

Apalpo a atmosfera que umedece seu atlas da ira,
besouro mutante rodando as escadas do magma de teu ventre,

Você me quebrará contra a musculatura dos cetáceos axiais?
                    mãe-tundra das orcas
     Você abrirá as sobrancelhas ante o gozo frio dos vulcões?

Eles sonham-se na brancura dos fermentos da noite em
torrente

Encolho minha asa junto a uma roda-gigante de eterna
vingança,
          mãe-pedra dos pálidos além-túmulos

mãe-cidra constelando um inferno de intestinos que
douram os roseirais

Tua baba respinga em todas as direções das paisagens
/algébricas:

CRÂNIO – CAVEIRA = X

Incógnita na língua dos mortos

Poema zero

Ouvi que você cavalga sobre as cabeças das Fúrias
e se azáfama
e mancha os sertões com leite coalhado
leite meu coagulado
e elas o bebem e te iluminam
um crânio com canhões de prata apontando meu peito
suíte de vestígios elétricos e membranas salgadas
mãe-arame das navalhas
mãe-abutre dos cinerários
as três saboreiam suas gengivas debaixo do umbral morno de
/teus rins floridos:
possuem cascos e esfarrapam o caminho dos rios gástricos em
/direção aos milharais

Derramam-se sobre a Via Láctea, cavalgando-te

Urinam-se sobre as maçarocas de dentes descascando-se diante
/do poente

"Mãe e filha é uma antinomia",
te canta a clarividência subaquática de teu trinômio de cães
/perfeito

e você repete ao sul de sua debandada:

"Mãe e filha é uma antinomia
com patas e pelos de tarântula
em uma jaula vazia"

Ardem teus cabelos de elefantes marciais atravessando os
/desertos
mãe-mandril de sabre
mãe-latido de peixe aéreo.
Você quer minha carne em teu leite terrível
cozinhando-se na alta temperatura dos furacões

(cardumes de esperma do Deus morto
povoam em cima das águas galácticas do norte)

Tremo nos refúgios colapsados por teu ventre de baleia em
/histeria
Mãe-migalha da esplanada
Mãe-drácula dos mausoléus
As cabeças das Fúrias sorriem tortas para o sangue,
congeladas sob as coxas sarnentas e a perfeita escultura do
/tórax;
querem me cozinhar em teu néctar vencido de hera,
me forçar o leite de fígados através da fenda celeste de suas
/madrugadas

Maçarocas de dentes descascam-se e mordem de passagem
meus escombros quietos

Oculto-me entre as peles dos vertebrados
e transformo meu corpo em um saco de penas
que emerge fresco entre os fêmures silvestres

Mãe e filha é uma antonímia

Um crânio puído vigia meu sinal desnudo:

toda espécie de fuga acaba
nas profundas cavidades
de um animal morto

V
Botânica de Quincey

Um incêndio é um espetáculo teatral.

Thomas de Quincey

Apenas a morte é mais branca que o dente.

Leopoldo María Panero

+

MABEL

Aqui jaz Mabel na lua.
Filha, irmã, vítima e obra de arte:
que sua poética de leite faça, para sempre, cair
os dentes-caninos do universo.

+

CLITEMNESTRA

Floresci na adaga da sombra de meus filhos
Todo criador percorre meus jardins
e deixa-se morrer
nas mãos do que fez

+

IFIGÊNIA

Fui cordeira cega sonhando ovelhas
em meio à guerra

+

FILHOS DE MEDEIA

Só existe um Deus da ira:
e é uma mãe
e é um cadáver

+

DUNCAN

Reino minha morte:
um ossuário de coroas brancas

+

DESDÊMONA

De minha garganta brotarão
ensalivadas
gigantescas rosas dementes

+

ELIZABETH LAVENZA

Minha morte tornou o monstro comum
e de aparência mais clara

+

ALIONA IVANOVNA

A morte é um machado
que rompe
a linguagem do cabelo

+

IRMÃS GARMENDIA

Aqui começa nossa viagem
rumo ao crânio do poema

[+]

Faço amor com tua morte

Desnudo-me sobre o silêncio como uma ave destripando
/seu destino
completando-se, por fim, nos amplos jardins familiares,
nascendo-te equestre nos galpões do pranto de mamãe
/queimado no orvalho

Há milhares de gaivotas no orgasmo de teus dentes
/chovendo a névoa
Voam com o passar dos termômetros em nosso sangue
/puríssimo de febre;
enchem as jaulas de mamadeiras para o chacal dos bosques
/faminto

Farei com tua morte uma obra incorruptível
a dois metros de altitude sob minha sombra

Eu quis te morder os olhos com os quais você via minha
/força como uma foice
cortando a arquitetura de teus desertos sonhados na neve,
porém agora vejo meu corpo na lua onde enterrei você, já
/quebrada de mim
e como um monstro comum te choro de beleza

Choro você acabada e completa na taxidermia dos vulcões
Tua saliva se seca deixando uma linha de arraias em direção

às orquídeas: elas nadam cortando o corpo de Deus de costas
para a tempestade do mundo

Tudo aquilo obscuro e abundante pousa como uma carícia
sobre o espanto de seu abandono

Aprendi a cultivar um cadáver à beira de nossa cama

| Um cadáver com inflorescências de sentido
é teu sangue puro de cravo em febre

Disse-me que tua morte era uma estrela suspendida como
uma janela aberta fora dos lençóis:

um tambor de água na pélvis do telhado,
uma casca de mexerica cheirando a velhice solar
mascarando as rosáceas de teu colo erguido no tempo
dos travesseiros

Eu empurrei tua traqueia para o paraíso apodrecido dos
abutres artificiais

| Não existe maior rebelião que tornar-te
Éden dos pássaros dos mistérios

Um homicídio, você disse, é um espetáculo teatral com
aves falsas e instrumentos de Jubal

Sento-me e aplaudo a memória entrando rumo ao inferno
de teu crânio como ondas incansáveis de incêndios líquidos

Cai a quarta parede nos jardins familiares:
todo o mal da luz dialoga comigo

Faço amor com tua morte para você abrir tuas pétalas de boi esfolado sobre minha língua

Ovos pretos de borboletas adubam tua flor cadáver como uma escultura no centro da cidade: esperam o nascimento de tuas rosáceas na testa, colo, ventre...

Jubal escreverá uma canção para você, como um grito na primavera dos templos

Adormecida regarei um cadáver em meu futuro como um jardim

Mabel,
eu te golpeei para semear em você uma arte vegetal que crescesse nos mictórios dos museus

Mabel,
eu te golpeei para tornar-te uma flor de carne soltando-se para a vida dos anfíbios

Mabel,
eu te golpeei para você suar eternamente pestanas sobre
/minha aparência,
e te fiz tanto mal o quanto pude,
e senti prazer enquanto apagava uma vela larga nos altiplanos dos girassóis mergulhando nos dias mais fracos do planeta

Faço amor com tua morte a cada segundo desde que você se expandiu sobre o lombo arqueado de Nossa Senhora Caveira do Poema:

num extremo do seu sertão está
minha escrita mascando o ditado
de minha sombra; no outro, teu

silêncio manifestando-se em
potência magna para o vazio

Esparjo teu sangue de cravo em febre para que cresça firme entre os músculos de meu sexo:

o lugar mais forte e sensível à vertigem

Ali você cresce em mim apagada como um caule de cinzas junto aos crisântemos;
punhos de carne pendurados da minha consciência contornando tua frágil ressurreição no quintal das cigarras

Levantam-se teus restos entre os losangos para dar lugar à engenharia da poesia

e incômoda você diz para os corais:

– Existe uma teoria do leite que explica por que um pássaro de gelo e um pássaro do mistério voam em direções opostas para o mesmo ponto cardeal

Afundo-te em minha sombra e te conservo como um tubarão por detrás dos cristais de uma estufa

– Uma teoria do leite é uma teoria do poema e também do impossível. Você quer habitar-me naquilo que não pode ser?

Mabel, faço amor com tua morte

Ouço-te obra e eterna na escrita na qual encontrei a mortalidade dos gladíolos,

e sentei você em meus joelhos,
e achei você amarga,
e injuriei você

Choro-te de beleza, Mabel

A natureza é a estética das trevas

germinando como um arrulho desconhecido

no desvio da língua

A natureza da estética são as trevas

germinando como um arrulho desconhecido

no gesto da experiência

A estética é a natureza das trevas

germinando como um arrulho desconhecido

no espaço onde micta a luz

VI
Epílogo

Teoria do leite

1.

Um poema é um crânio de leite

2.

O leite é uma dramaturgia que desaparece e se dispersa

Uma pureza que se macula.
Um veneno de fome

3.

Um crânio tem o poder da encarnação

4.

O leite evoca imagens que bifurcam o corpo da linguagem

5.

Todas as metáforas são lácteas
Avisos de desastres em miniatura

6.

A poesia é uma clareira de céu defunto
pingando suas brancas inquietações
sobre a nudez dos sobreviventes

7.

Um poema é profético, como o leite,
porém não pode revelar o amanhã dos eventos,
mas sim o amanhã do ser

O futuro é o presente daquilo que nunca muda

8.

A escrita:
inquietação branca nomeada de joelhos

9.

Sonhos de leite
Olhar o símbolo de olhos fechados
é a única forma de carregar seu peso

Historia de la leche

[poemas em espanhol]

[Cae con madurez el fruto que en verbo ardido lamió sus costillas al sol
más de 365 veranos de su carne niñada en hueso negro constelado

se aflojan

Rueda el fruto sobre la piel arqueada de las amapolas

Se abre

De su epicentro nace una guadaña como un párpado de acero
cerrándose en la bruma bautismal de su oleaje

—Esto es lo primero que verás —sentencia la rama despojada
del peso de su cabeza— antes de atravesar la raza del otoño]

I
ESTUDIO INICIAL DE LA SANGRE

+

Papá, tú querías un hijo y
en cambio
te nació esta cabeza

Una planta que crece hacia adentro

Una uña
Un estanque

Por eso dijiste
callado a la placenta: "UN HIJO ES UN HOMBRE"

Creías que serlo era irse callado de pesca

pescar la vida

sacarla del agua

y me llevas a pescar para que aprenda a ser un hombre
para que saque de la vida algo tibio que matar

“Matar te hace hombre”, me dijiste

Creías que serlo era irse risueño de caza
empuñar un rifle a un corazón con astas

reventarle el cráneo a la vida

tú piensas que eso que se inventa el bosque es un hombre
y me llevas a cazar contigo para que lo vea

me enseñas a dispararle a un árbol
a una nube todavía niña en mi cerebro

porque pienso demasiado fácil, dices

porque pienso cosas que se atraviesan

Y en cambio un hombre no arde de útero

dice la-madre-coja-de-las-axilas

ni sangra en los pasillos
ni riega su leche sobre las ecografías abiertas
ni se mete el dedo índice
para tocar a Dios
en un volcán de pelvis

Una hija mata
pero como un hombre respirando al revés
en mitad del bosque

Un amor umbilical rodeándote la manzana:

una hija es un ojo que muerde
—una mandíbula de leche—
un anzuelo al cielo de los cabellos

Por eso “pesca la muerte”, dice mamá lamiendo la escopeta

“caza la vida”

como una hija que es un hombre y una cabeza
como un río en una sábana de dientes mastodónticos
y el sexo abierto de las balas
goteando sobre la encimera

+

Hora de huir
de la madre

El origen es una aguja
escribiendo los nombres de los muertos
en las pupilas de los peces

Ceguera oceánica

Sin imagen sólo queda el sentido de lo invisible
y una punta sangrienta como línea de salida a la superficie

Mientras tomas aire
la escritura se humedece de futuro

+

Mi padre me engendró sin ruido

Me crió
sin palabras nuevas

Muy adentro
al fondo de su esqueleto
crecen mis edades

Crecen los verbos
que él pesca
y cuida en la tierra de mis oídos:

"Pronuncia palabras viejas, princesa"

Es un ritmo repetitivo
este habla de su sangre

Lo practico con las vértebras y los dientes
con los senos
y el llanto de mis rodillas al doblarse

Este es el lenguaje
de mi nacimiento

La historia a la que voy sola
e invento
desde el centro de su vientre

+

Y mamá me dijo:

"Tendré una hija rota
y la peinaré con todos mis dientes

Le enseñaré
lo duro que es ponerse los zapatos
y lavarse la cara
para ir limpia
a ver las mariposas en verano

Le enseñaré
el brillo de los bisturíes

La invitaré
al circo de los cascarones sucios
rompiéndose

Y cuando ella
rota de renacimiento
pida desnacerse
como piden todas las hijas rotas
abriré mis piernas:

la invitaré a reencarnarse
a volver al primer grito

al único
al que no cose”

+

Y a papá le dije:

“Papá,
te debo la noche de los cañones
que duermo todavía
con los párpados abiertos”

+

Una madre se alimenta de sus hijos
muerde sus arterias y hace gárgaras con sus ríos
mansos presagios
de la carroña de Dios

+

Y papá y mamá pronunciaron al norte:

“Han madurado nuestros frutos
habrá que comerlos antes de que se pudran”.

Y mientras nos abríamos a la caída

tú y yo nos miramos por primera vez duplicando el peso de la rama.

"Soy tu hermana", me dijiste

Eres mi hermana

Eres principio
luz
agua en la arena

Mis pasos se hunden al oasis contigo

Solo construimos nuestra sangre
cuando la limpiamos
de familia

II
MATÉ A MI HERMANA MABEL

[+]

Escucha eso que se quiebra

Voy a repetir el ruido de eso que se quiebra

Mi voz se arruga sobre la velocidad rendida de tus pasos en mi lengua
pero tu cuerpo sabe abrirse al verde tiempo de la fractura
como una flor agonizando su nacimiento

Es verde el río de tu risa, Mabel,
por eso dejo que te arrastres en las corrientes
de los pastores mordidos por la oveja de tu pelo

El resto de los días el ruido de eso que se quiebra tuerce los labios de la tierra
La vida enmudece: somos hermanas

Esta sangre es saliva que limpia la calma en nuestra frente

Ahora tienes la frente rota y los perros llueven a morirte

Te acaricio con toda mi sangre

Me convierto en eco para que entiendas que nuestro enemigo es el sonido rompiéndose:

para que aprendas a rugir su rastro de fantasmas y de hienas

para que repitas el verbo de su nombre

Te acaricio con toda mi sangre, Mabel

Construyo con mis manos el ruido de eso que se quiebra

las tuyas son la oración de una especie remando us espantos a través de arboledas en la lengua de nuestra madre

Con mis manos voy a repetir el ruido del universo cayéndose

Con las ruinas de tu frente voy a inventarme una nueva frente

[Lo completo que se rompe es como el viento suspirando]

Con mis manos voy a masturbar al viento para que suspire

Que los gritos de mi nacimiento mojen la entrada a esta montaña

Que la repetición de ese ruido reviente la hoja de leche en tus ojos

[+]

Esta es la historia de la persistencia de una hoja. La hoja es mi enfermo corazón guardando el cadáver de Mabel. Guardo a mi hermana de los alacranes y la entierro en mis huesos para endurecerme con palabras suyas de bondad. Alimento sus muñecas decapitadas y las pierdo en la borrasca

Repta mi enfermo corazón

Los ojos de mi madre estallan el poniente de su vidahija anclada a la mía para siempre. Me escupe saliva que conozco y que mato en el paredón familiar

Repta mi enfermo corazón

Mi corazón es una tumba afiebrada donde el pensamiento de Mabel se expande. Su cabeza rebota en las tinieblas: el párpado de mi madre aletea contra la ventana de este crimen [MIRA MIS MANOS | ROEN LOS ASTROS LUMINOSOS | PARA ENCENDERSE DE AGUJEROS DE TIEMPO TUYO]. Sus ojos son medusas limpiando la noche y la profunda intimidad del duelo

> [Dentro de mi amor, hace mucho tiempo, encontré una crisálida. Latía como un verso cruzando la respiración de la belleza. Sanaba las heridas de los peces. Con los años transfiguró en llaga; aprendió a doler y llenó de costras la honestidad en mis palabras. Mi amor entonces empezó a pudrirse por las vibraciones de una crisálida baleada en la garganta de mi amor, en los ojos de mi amor, en las manos de mi amor. Pero en la borrasca nada tiembla si no tiembla nuestra rama]

Mis ojos se han volteado hacia al fondo de mí
buscando la verdad de lo que está prohibido

El cuerpo de Mabel se abre y es una mandíbula que carcajea su daño

El cuerpo de Mabel se abre y es una mandíbula que muerde su gloria

[+]

He mordido flores para que me nacieras con pétalos verdiazules en el ombligo, sonriendo mi corazón como un nido que bucea altos pelajes en mi pecho

Tú cubriste al pájaro desnudo que tiembla en mi mente

Lo alimentaste con tu saliva y te inventaste un huevo roto en la espesura de sus laderas. De un paso cayó mi amor en tus rodillas y se durmió para ya siempre soñar en ti

Desde entonces tu mirada es nuestro hogar de bambúes blancos cantando las horas al revés de los rosarios

Pero contigo avanzo hacia la infancia

Mis dientes se repliegan al interior de mis encías para desvestirte: me enseñas la delicadeza en el golpe

el pétalo en el colmillo

Y yo deshueso la entrada a este nido de agua
me deslizo mientras tú bailas como un esqueleto quemado en la cornisa de la vida

Abrazas al pájaro desnudo:

herida blanca,
tiemblas en mi mente

[+]

Llevé tu cadáver a la habitación más oscura de nuestra casa

Lamí los rastros de mi violencia sobre tu cuerpo

Flácidos,

como babosas desnudas,
resbalaron de mi cansancio tus restos blancos
　　　　pequeñas cárceles del ruido de las langostas,
　　　　radiografías negras de la plaga izquierda de nuestro amor

Heridas florecen del eco de los alaridos que lanzaste cuando te amé con golpes rotundos sobre la frente

Tus restos eran nevados en miniatura derritiéndose en caminos de sangre y leche fresca de mamá

Su leche, mar muerto de maternidad,
engordó tus huesos una luna antes
de que descubrieras aguas más hondas

El calor te encogía sobre un colchón de incomprensible memoria

Arrastro tu muerte del pelo y le doy de comer la culpa que me pesa

Arrastro tu muerte con la orfandad que me dejó el fratricidio,
pero, Mabel,
yo tenía que morirte para conocer el sentido de la justicia

Yo tenía que morirte para mirarte eterna,
para diseccionar tu espíritu de paloma al pie de los templos de las arpías

Eras el fuego delusorio de la caverna;
las sombras de mi conciencia afiebraban tus llamas.
Pero la verdad no estaba en el origen aparente de las formas,
sino en la opacidad
de tu culto a la transparencia

Tuve que morirte para estudiar la experiencia de tu sombra blanca
y besarla con el deseo de las primeras imágenes
que pueblan esta cueva en donde limpio hasta tu nombre

En una esquina de la habitación
respira una Piedad monstruosa;
reclama tu cuerpo para sus brazos torcidos de invierno

Dile adiós a esa vieja madre,
santa de la lepra

Apagado su diseño abierto
tu cadáver es sólo un testimonio visible
de mi capacidad de crear

[+]

Corta la rama con tu lengua dentada,
            Madonna sierra,
como si fuera el hilo pródigo de nuestras vidas
y tú una especie de Parca Madre entre la aurora podrida
agitando su seno igual que un péndulo sobre mi boca

Una arteria explota y reluce contra los cristales de tus ojos

¿Quieres dolerme a la intemperie,
lanzarme a los labios el *rigor mortis* de tu niña
gimiendo la mañana menor?

Tenía su muerte el color de Dios y de los atardeceres en agua quemada

Eran esos cielos su cuerpo en *livor mortis*:

¡tú no sabes qué paraíso rasguña en la muerte!

Pero tu sombra late una justicia de tiempos de árbol:

es una llaga que concentra el dolor de las religiones,
el sacrificio cruzando la historia de la leche
y de los recuerdos que ahorcan el misterio

He encontrado lana colgando entre tus ramas de agosto.
He intentado funcionar como un fruto cuya sangre ha bebido cada centímetro del paisaje

Madre, me has abandonado,
pero hiciste bien:
yo maté a tu bebé.

Los escorpiones de Raguna crecían en mi mente cada vez que lamía tus pezones líquidos de horas trizas

Hoy sus aguijones se ocultan en el rostro del rebaño de tu venganza

Ellos planean un higiénico asesinato

Madonna machete, escucha mis sentidos:
Raguna nunca será la misma después del torbellino en tus músculos

Unsexmehere, le rogué a la sagrada nada cuando atravesé la tráquea de tu niña con la daga de mi deseo

A true creation

Unsexmehere
y el cosmos rojo brotó de su vida hundiéndome de infinito goce

[El placer es el descubrimiento de la violencia,
murmuré contra el pubis de su *algor mortis*]

En la profundidad barroca de la carne que cesa sus palpitaciones encontré la carroña del universo ardiendo:
la destrucción es creación,
por eso la continuidad en las cenizas al margen de su fondo

Unsexmehere, Madre:
tu carne roza mi espíritu renacido

El verbo se disuelve como un hielo sobre el que orinas de espaldas a mis ojos

La destrucción es creación

Mira todo lo que crece en el cadáver de Mabel:

mira las hortensias,
los gusanos,

el cóndor de una sola ala
que barre los zorros lunos de su vientre

Su diseño se deshiela al calor de mi diseño levantándose,
poderoso, como un puño de esclava,
por encima de las moscas que la comen
y le hacen el amor en pleno vuelo

Abre los ojos
y mira todo lo que crece en la muerte de Mabel:

bajo sus uñas pelean rinocerontes machos que rasgan las telas de mi corazón

Llevo sus uñas a mis orejas como caracolas y escucho el mar quemando en negro la lubricidad de los murciélagos

Mira todo lo que crece en su silencio perfecto:

espejismos en la danza de los areópagos

Sólo renace lo que se entra a morir

La destrucción es creación

[Interrupción del discurso poético: según la ciencia, el asesinato es un cambio en la materia; las religiones rezan que matar es trascender el cuerpo hacia el subsuelo; el arte inmortaliza la pulsión de acabar con el otro hurgando en la radiografía de una respiración que se agita; pero matar no es descenso ni ascenso, no estudio, sino revelación del sentido de una cascada que limpia]

Mira todo lo que mi fuerza desnuda libera sobre Mabel:

se diluvian sus órganos como un espectro que ilumina mi cabaña. Son jardines en miniatura rebosantes de silencio y en el silencio sembrado de sus talones me pregunto: ¿habrá pensado que esto era odio?

Sus últimos gritos esculpieron mis manos para dejarme un mensaje de su dolor de partir

¿Habrá pensado, mientras moldeaba mis nudillos contra su carne, que era odio?

Su adiós dejó jardines pequeños en mis dedos

Un vaho calienta mi rostro cuando acaricio su herida como animal en el miedo: ¿habrá entendido que partirla era un gesto de limpieza para el amor?

Le presenté mi fuerza desnuda mientras lloraba de belleza. En una noche de sol se dejó apagar para enseñarme el olor de la sangre sonriéndome ocasos por venir

Regué el interior de tu niña sobre mi blanco corazón, pero, mamá, sólo puedo amarla pudriéndose sobre las naranjas de mi desayuno

Te regalo la música de su descomposición

Fabriqué un delito sin cuerpo:
su infección es un ojo que flotará eternamente en tus cielos

Ocaso:

morir algo
para que siga acaeciendo
eternamente

▼

Jugábamos con botones fríos sobre tus
párpados todavía fértiles en primavera;
botones redondos como arrancados de
la glaciar ropa de Dios

Te quedabas tan quieta que parecías una roca en medio del tiempo. "Hay piezas que no pueden tragarse: jamás te las lleves al pensamiento", decía nuestra madre levantando el libro de los abismos sobre tu cabeza y la mía: dos monolitos besándose al filo de la quebrada en Raguna

El comienzo era esa magnífica jirafa que usabas para escalar por encima de mi sombra: una trenza de eventos mesiánicos y de columpios rotos de nuestra infancia

Por instinto pulsé tus sílabas para que lanzaran gemidos en cascabel-mol [un lenguaje de ternura en orgasmo sideral] todas las noches frente a tu hoguera marchitándose sola

Así cantábamos el mundo mientras ratones ciegos dormían en tu almohada. Los alimentábamos con descripciones del vientre de mamá y medíamos las diferencias entre tu nombre y mi nombre

[Sólo lo inicial es fruto maduro]

▼

Abriste las piernas adentro de mi sombra

Juntamos los dedos tantas veces en la penumbra que crecimos una memoria del fuego de nuestra carne en Lascaux. Su imagen temblando alumbró los escombros donde dormías días a la deriva animal del poema

Era un prado de juguetes absurdos el conocimiento de esa experiencia: una intuición filosa de la naturaleza que examina el tamaño de los primeros gestos sobre la piedra

Mientras pintabas el vacío interior de las aguas, el universo de mi sombra se expandía con tu cuerpo adentro durmiéndose de hielo

En ese entonces contabas las galaxias con los ojos cerrados y tenías pesadillas con los oídos abiertos

Los cóndores eran el único soplido de Dios estrellándose contra el fuego incesante del océano

¿Recuerdas el espectáculo de sus alas como navajas en el agua?

Tu sonrisa fue mi sonrisa y me perteneció como el suceso único de tus pasos sobre mi cuerpo tendido en temporada mayúscula

Me caminabas por encima como un muerto sin sexo y desde esa aparente neutralidad te alejabas y anunciabas que te mataría

Mabel, de pequeña me preguntaste:

—¿Te gusta el sabor de la sangre?

—Me gusta. Sabe a lenguaje —respondí

Miraste hacia el horizonte del océano quemándose

—El dolor es oloroso como la sangre. Por eso tengo que ser yo quien te camine por encima igual que un muerto sin sexo

Ratones ciegos dormían en tu almohada mientras pedía:

—Ñaña, por favor, ñañita mía: cierra las piernas adentro de mi sombra

Y me dijiste:

—Alguna noche de sol regarás mi sangre para que nazcan amapolas en mi nombre

—¿Lloraré de belleza?

—Llorarás de belleza

▼

Te disgustaba la primavera porque era una mujer violada por el viento. Sus flores abrían tus párpados hinchados de llover sobre las siluetas

Hay colores que arden el silencio

(eso decía un pasaje del libro de los abismos)

Nuestra madre se enterraba los pies para leerlo de espaldas a los lobos de Saturno. Decía que sólo así se veían los fantasmas completos en sus hojas

—Sin ellos no hay abismos —decía—. Las palabras son fantasmas que atraviesan todas las cosas

—Pobres fantasmas —dijiste—: no pueden transformar los objetos ni el tiempo de los balidos

—No pueden crear ni destruir, es cierto, pero acontecen

"¿Cuántos aconteceres invisibles nos atraviesan sin levantarnos?"

pensaste con fantasmas completos

"¿Qué es eso que duerme detrás de mi forma cuando medimos el tiempo según los lentos latidos de un corazón de rebaño?"

Acontecimiento: esas ganas de triturarte hasta la sombra

—Lo que acontece no crea ni destruye, pero crece adentro como una planta en el cieno que alcanza los mil metros de altura en la imaginación —dijiste, y tu voz fuera de la conciencia era una cebolla soltando sus capas para saciar el hambre de los ratones

▼

Nuestra madre leía fantasmas completos a la noche

Intrigadas por sus pies enterrados a los lobos de Saturno buscamos el significado de abismo:

1. m. Profundidad grande, imponente y peligrosa, como la de los mares, la de un tajo, la de una sima…

2. m. Realidad inmaterial inmensa, insondable o incomprensible

3. m. Diferencia inmensa

4. m. p. us. infierno (lugar de castigo eterno)

—El problema esencial —dijiste— es que la muerte sea una planicie habitada por fantasmas completos que se significan entre sí

Nuestra madre recitaba pasajes del libro de los abismos ansiando un sencillo acontecer: la magia. Un evento clásico del interior

Mientras tanto, me pedías en sueños que arrojara tu cadáver a los establos porque un caballo jamás pisaría a un muerto
[Lo maduro es proyecto de descomposición]

▼

Antes del libro de los abismos no existía la verdad
Ahora la verdad existe y es un monstruo incomprensible

En Raguna dijeron que la voluntad de hacer daño era algo oculto en la naturaleza, por eso el libro de los abismos tenía pasajes como:

1. *Serás espanto y gloria en la sangre, en la arena, en la cal, en el espíritu gorrión que surca las*

narices de los volcanes cuando duermen. El cuerpo de tu hermana será el Edén y tú la víbora celeste. No crearás: no matarás. Respetarás el templo. El asesinato es sólo privilegio de los dioses

2. *Alumbrarás tu sombra para que sea clara como la fruta que cuelga de las ramas del árbol del conocimiento. Torturarás la oscuridad de tu cuerpo contra las superficies de las cosas hasta que chille como una gaviota destripada por el sol. Despreciarás la suavidad de las patas de los conejos. Pero no matarás: el asesinato es sólo privilegio de los dioses*

3. *A pesar del mandato divino matarás, víbora celeste, grito del paisaje, criatura rastrera de Raguna. Serás el anverso que constituya el eje de este libro sobre la peste de tu signo en el agua; el abismo del abismo en la sombra y de la primavera en tus párpados mojados de lunes. Los fantasmas completos te atravesarán como a todas las cosas que existen después de ser observadas. Matarás: pero te dolerá para siempre porque el asesinato sin culpa es sólo privilegio de los dioses*

▼

Yo quería parecerme a ese muerto que no pisarían los caballos salvajes de tu frente

(ellos danzan el miedo esquivando tus restos futuros)

Yo quería incorporarte en mí como una calavera brillante e impronunciable que encerrara el Gran Poema de tu Sangre

Jugábamos para señalar las diferencias entre tu nombre y mi nombre en medio de las verdades más bárbaras

Besabas mi silueta sobre las rocas y decías que sabía a aluminio como los relámpagos mostrando el sonido de la blancura del invierno

Así tronaba tu interior cavando hacia el futuro una tumba parecida a un incendio bajo el agua

Abrazaste fantasmas completos tan lejanos a mi silencio que me golpeé en la boca para escupir los versos que nos unían sobre las frágiles raíces familiares

Y así conocí tu sangre a través de mi sangre:

Te vi en mis aguas derramándote sobre las piedras donde mamá, mucho después, querría destrozarme

Tu sangre era el río que limpiaba los pies de los jadeantes; una agitación al fondo de los rostros que se han ido y que vendrán para continuar la olorosa historia de la cólera

Tu sangre era eso: el sentimiento de la fuerza y de la nada conmoviendo los espíritus de los cóndores cayendo en picada contra el mar: carroña de Dios

Ahora es un campo de amapolas latiendo corazones de ternera podrida en tu nombre de epopeya eléctrica. Sus aortas se abren y dan salida a abejas enrabecidas que hicieron de la muerte de Dios un panal

Tu sangre corre como toda el agua quemada que los caballos esquivan

Florece en los panales porque tu sangre es mi sangre y toda la sangre que sonríe desnuda zumbando el corazón de las Furias de mamá

Escurre la miel de tu tumba florecida [el producto del crimen] pero estás aquí, caliente, en mi nido de fantasmas completos, porque tus aguas saben a un lenguaje que no sé morir

"Ahora te regalo el Gran Poema de tu Sangre", dijo la muerte de Dios abotonándose la camisa mientras te derramabas adentro de mis aguas

Y comenzaste:

—La humanidad surge del miedo

Te odio y me odias, pero porque sufrimos podremos tocarnos.

—La bondad surge del miedo

Me odias y te odio, pero porque tememos podremos perdonarnos

Ese es el origen de la sangre

Nada de esto estaba escrito en el libro de los abismos, así que le aumentamos un capítulo

III
EL LIBRO DE LOS ABISMOS

*

El aliento de un órice despierta la montaña
te despierta con ella y despierta a los viejos leones
es hora de almorzar

Todos los días en tu mente habrá un desierto sepultando la calavera de
/la poesía
la llevarás contigo al exilio para defenderte de la inclemencia de tu
/sombra
siempre extendiéndose con movimientos de astros oscuros sobre los
/senderos

Tu sombra es el reflejo más antiguo de tu cuerpo

Pero cada mañana la calavera de la poesía pesará un poco más que ayer
La arrastrarás hacia la cima de la montaña como una constante de
/vapor
nublando los sentidos de los cazadores

una amenaza que el viento cubre de arena y que barres con tu única ala

Sus cuencas libres empañarán tu interior
y escaparás manchando de sombra un dolor antes temido
una fiebre que reblandece los picos y tiñe la hierba con moscardones

A pesar del fracaso no soltarás la cabeza del misterio
la subirás a la montaña
con el peso de su mandíbula empujándote a los cuernos en manada

Descansarás con ella en un nido improvisado
Retozarás con sus cuencas abiertas a la noche

No te curará la carne, pero al día siguiente será tu casa

*

Habrá días en los que te será fácil huir de los zorros

Cortarás el viento con tu ala sagrada
erecta como un miembro encajado en la boca de los cielos
y descenderás directo a la carroña que parece una sinfonía
mezcla de vibración de gusanos y aludes en aires animales

Llevarás la calavera de la poesía sobre el lomo retorcido de tu mente
más pesada y más abril que la porcelana de las aves cuando sueñas
anémonas menguantes entre los orificios de las dunas

Habitarás la tierra de Nod
Cazarás lo que ya ha sido cazado
Esa fiesta de la carne en agonía no es tuya. No te pertenece

Pero la muerte:
el alimento es un otro al que no lloras

Abrirás con tu pico la materia de su enjambre:
saborearás a Dios en la carroña

*

Te hallarás sola frente al frío aire de la nébula
soplando tus plumas crónicas por la vellosa barriga del erial

Esto no es lo que te prometieron:
a ti te juraron una paloma ciega después de la insurgencia

Tu plumaje caerá como tu hermana muerta hecha cenizas
una y otra vez en la memoria alta de los cóndores

Agotada, te rascarás el luto esmaltado en la intemperie:
pondrás un huevo acorazado adentro de tu culpa

Un aliento a cántaro seco bregará cada dos días sobre tu descendencia.

*

Protegerás al huevo de los músculos de lo invisible
Su blanco de ojo
callado como el pensamiento
sembrará remolinos en la estructura del universo en cascarón de leche

El Dios que te alimenta se pudrirá en todos los cuerpos de tu hambre
La poesía será el aprendizaje de la muerte

*

"Acabaste con tu hermana para hacerla obra en el caos de lo
/incompleto"
te dirá el cráneo del poema como un oráculo de truenos
mientras duermes entre el basalto y la enredadera de sus alas
y levantas la tuya en señal de hostilidad a la memoria

Dormida escucharás la claridad de su palabra
vigilándote detrás de la inconsciencia

Toda profecía se libera de la cal de los poemas occipitales
artefactos de futuro en órbitas desnudas

Sus oraciones serán topos hurgando en la oscuridad:
la revelación formará un círculo alrededor de una costilla

*

Negro es el páramo donde caen las focas como meteoritos de mar
nadando sus oquedades en el pecho gigante de la hierba de tu exilio
Sus fósiles encenderán la lámpara de tus sueños y esa voz
que vuela alrededor de los volcanes
te mostrará el pasado como resina de insectos:
una piedra que no puede ser iluminada
enterrada al fondo del sol

*

La poesía es lo perfecto del muerto:
lo incorruptible, la selva encadenada

*

En tus sueños rapaces escucharás la voz demente del cráneo del poema
caja estelar rúnica
oráculo vaginal que inventa la poesía en los subsuelos de Marte
caracol jineteando el futuro en versos de esporas caucásicas
esporas indígenas meándose al viento planetario de
los códices
Nortes que exorcizan cebollas y crines en tu viaje de la sangre
de ombligo del mundo a clítoris del fin

Su voz será pelo de árbol
magullándose en el alba de tu buche
pero eres un cóndor: nada podrá evitar
que la profecía te crezca en la digestión de una pelvis

*

El huevo duna
huevo diente a los leones
huevo ojo de cristal desarropado de langostas
craqueará sin nido como la tierra y los cielos zarandeándote
al brillo de los pelícanos
aves de gracia que muerden peces y sirenas
desde la espalda del muerto de agua
hacia el festín de tu descendencia

*

Serás un cóndor empujando a tu hija
de la montaña al abismo
donde brota lo real

*

Después de la oscuridad última vendrá una noche más grande
caliza, arrobada por colmenares que cuelgan de los miembros
del inmenso cadáver oceánico

Tu Dios será ese ruido incesante en el agua del poema

El agua será la carroña madre y su descomposición penetrará
en la lengua obscena de la tierra

Te convertirás en testimonio de la sequía. De tu sombra saldrán colas,
aletas y luces reproduciéndose en la transparente nada

Entenderás que en el principio no fue nunca el verbo, sino la hernia
Lo inicial prescinde de la palabra que revienta la córnea de la vida

Tu Dios-madre es la carroña del mundo y crece en cada criatura que
/cesa
su habla deshabitada de duelo

Nadarás la mente en el lenguaje de tus muertos

IV
MAMÁ CÓLERA

*

Golpeaste tres veces interrumpiendo el momento
en que barría a tu niña bajo la alfombra de los leones

*

Knock
knock
knockin'
on hell's door,

campaneaba tu puño al otro lado del temblor universal

No querías que te abriera la puerta, Mamá, pero aún no lo sabías

*

El espectro del poniente blanco
último en la arquitectura de las tormentas
despertó mi corazón vegetal a los escorpiones
como un trozo de remolacha ardiendo el charco de mi hermana

(su charco expandido era
una réplica exacta
de la silueta de mi nombre)

*

Respirabas las costras de la entrada mientras
un esqueleto alegre atravesaba los objetos luminosos
en cada esquina de la casa de tu vientre —nunca más mi casa—

*

Así empezó la desposesión y tus garras deslizándose
como coágulos de hielo
por la puerta que separaba mi crimen de tu leche

*

Han pasado mil años desde que camino
extraviada
por el laberinto indómito de mi exilio

*

Tus golpes caen sobre los abetos derribados en mi cabeza.
Los llamo Erinias porque hieden a montaña

*

Después de limpiar a tu niña con mi lengua
tomé su cuerpo ahogado de galaxias y lo desmembré
para regar su gloria cósmica sobre mi sombra

*

Por campos y llanos cayeron sus costillas
vértebras
y omóplatos
y de los árboles colgó su carne ondulando sangre

*

Cabalgaste la tierra recogiendo los fragmentos de mi hermana:
los hallaste junto a los peñascos y los volcanes
ocultos en las cuevas y en la maleza
y te preguntaste si habría alguien de este mundo
que pudiera juntarlos en la luna

*

Cabalgaste la tierra agitando tu vientre como una boa
detrás de nuestra puerta equinoccial
un torrente de espuma negra creció al nido de tu mandíbula

*

Tus dientes lloraban la madrugada del día de mi nacimiento

*

Arrastrabas tu duelo hacia el balcón
y derramabas una blanca inquietud sobre la lengua de los lobeznos

*

En silencio te acariciabas el vientre
cuando era hoguera para los delfines
pero ahora es un maxilar donde chirría la cólera

*

Desorbitaste la mirada hacia los cuatro puntos cardinales
mientras la caldera de tu vientre engendraba
campos de algodones y cerberos

*

A las tres iras de los muertos les pediste enceguecida:
"Arrojen sobre la asesina de mi niña
su aliento a máquina de arañas"

*

Ellas te respondieron al amanecer:
"Nuestro hálito es Dios podrido en tu vientre.
Nómbralo en la noche más oscura de tu cabeza
y nosotras seremos la piedra y las cadenas"

*

Tu vientre entonces era una orca saltando
sobre la espalda de la carroña de Dios

*

La llevabas abrazada a tus órganos
con larvas azules sirviéndote de brújula

*

"Mamá cría canes en su cerebro",
pensé corriendo alto hacia la nada,
y arrastré un bosque de cráneos roídos conmigo

*

La voz del erial susurró entre los pastizales:
"Divino es el viento de la montaña:
humano, el frío de tu pensamiento"

*

Desde los nevados y sus cráteres
me pregunté temblando de naturaleza:
"¿en dónde está mi morada?"

*

Expuesta al granizo y a los geranios en estío
me pregunté temblando de naturaleza:
"¿Seré siempre ave de caza
en la cordillera de los osos?"

*

"Cuerpo yacente de Dios,
agua bendita de las bestias en su espalda:
¿podré algún día sentirme protegida
de la leche caníbal de mi madre?"

Persecución

Repto lo oscuro de la aorta de un bisonte atravesado por el mar
en medio de la teoría humana más violenta del poema

Tus brazos umbilicales
madrezebra en las llanuras
ahorcan la prehistoria de la leche de montaña
leche de cal apagada
leche de higo en cristal
leche en la roca de la pintura sagrada del calavera *poem*
gruta de naturaleza táctil al Amazonas de tus glándulas
rellenas de humores:
Big Bang de Dios por siempre muerto en los maremotos
/amén

Palpo la atmósfera que humedece su atlas de la ira
escarabajo mutante rodando las escaleras del magma de tu vientre

¿me romperás contra la musculatura de los cetáceos axiales?
madretundra de las orcas
¿abrirás las cejas al frío goce de los volcanes?

Ellos se sueñan en la blancura de los fermentos de la noche en torrente

Pliego mi ala junto a una noria de eterna venganza
madrepiedra de los pálidos trasmundos
madrecidra constelando un infierno de intestinos que doran
los rosales

Tu baba salpica en todas las direcciones de los paisajes algebraicos:

CRÁNEO – CALAVERA = X

Incógnita en la lengua de los muertos

Poema cero

He oído que montas sobre las cabezas de las Furias
y te desbocas
y manchas los eriales de leche cuajada
leche mía coagulada
y ellas te la beben y te alumbran
un cráneo con cañones de plata apuntando hacia mi pecho
suite de estelas eléctricas y membranas saladas
madrealambre de las navajas
madrebuitre de los cinerarios
las tres se relamen las encías bajo el umbral tibio de tus riñones en flor:
tienen pezuñas y desgarran el camino de los ríos gástricos a los
/maizales

Se derraman sobre la Vía Láctea cabalgándote

Se orinan sobre las mazorcas de dientes pelándose al poniente

"Madre e hija es una antinomia",
te canta la clarividencia subacuática de tu trinomio de canes perfecto
y repites al sur de su estampida:

"Madre e hija es una antinomia
con patas y pelos de tarántula
en una jaula vacía"

Arden tus cabellos de elefantes marciales cruzando los desiertos
madremandril de sable
madreladrido de pez aéreo
Quieres mi carne en tu leche terrible
cociéndose a la alta temperatura de los huracanes

(cardúmenes de esperma del Dios muerto
pueblan encima de las aguas galácticas del norte)

Tiemblo en los refugios colapsados por tu vientre de ballena en histeria
            Madremendrugo de la explanada
            Madredrácula de los mausoleos
Las cabezas de las Furias sonríen torcidas a la sangre,
ateridas bajo muslos galgos y la perfecta escultura del tórax;
quieren cocinarme en tu néctar vencido de yedra,
forzarme la leche de hígados por la ranura celeste de sus madrugadas

Mazorcas de dientes se pelan y muerden mis escombros quietos al pasar

Me oculto entre las pieles de los vertebrados
y convierto mi cuerpo en un saco de plumas
que emerge fresco entre los fémures silvestres

Madre e hija es una antinomia

Un cráneo gastado vigila mi señal desnuda:

toda suerte de escape termina
en las profundas cavidades
de un animal muerto

V
BOTÁNICA DE QUINCEY

Epitafios alucinados

+

MABEL

Aquí yace Mabel en la luna
Hija, hermana, víctima y obra de arte:
que su poética de leche haga para siempre caer los colmillos del universo

+

CLITEMNESTRA
He florecido en la daga de la sombra de mis hijos
Todo creador camina mis jardines
y se deja morir
a manos de lo que hizo

+

IFIGENIA
Fui cordera ciega soñando ovejas
en medio de la guerra

+

HIJOS DE MEDEA
Sólo existe un Dios de la ira:
y es una madre
y es un cadáver

+

DUNCAN
Reino mi muerte:
un osario de coronas blancas

+

DESDÉMONA
De mi garganta brotarán
ensalivadas
gigantescas rosas dementes

+

ELIZABETH LAVENZA
Mi muerte hizo al monstruo común
y su apariencia más clara

+

ALENA IVANOVNA
La muerte es un hacha
que rompe
el lenguaje del pelo

+

HERMANAS GARMENDIA
Aquí empieza nuestro viaje
hacia el cráneo del poema

[+]

Hago el amor con tu muerte

Me desnudo sobre el silencio como un ave destripando su destino
completándose, por fin, en los amplios jardines familiares
naciéndote ecuestre en los galpones del llanto de mamá quemado al
/rocío

Hay cientos de gaviotas en el orgasmo de tus dientes lloviendo la
/neblina
Se vuelan al paso de los termómetros en nuestra sangre purísima de
/fiebre
llenan las jaulas de biberones para el chacal hambriento de los bosques

Haré con tu muerte una obra incorruptible
a dos metros de altitud bajo mi sombra

Yo quise morderte los ojos con los que veías mi fuerza como una hoz
cortando la arquitectura de tus desiertos soñados en la nieve
pero ahora veo mi cuerpo en la luna donde te enterré ya rota de mí
y como un monstruo común te lloro de belleza

Te lloro acabada y completa en la taxidermia de los volcanes
Tu saliva se seca dejando una línea de mantarrayas en dirección a las orquídeas: ellas nadan cortando el cuerpo de Dios de espaldas a la tormenta del mundo

Todo lo oscuro y lo abundante aterriza como una caricia
sobre el espanto de su abandono

He aprendido a cultivar un cadáver a la orilla de nuestra cama

|Un cadáver con inflorescencias de sentido
es tu sangre pura de clavel en fiebre

Me dijo que tu muerte era una estrella colgando como una ventana abierta afuera de la sábana:
un tambor de agua en la pelvis del tejado
una cáscara de mandarina olorosa a vejez solar
cubriendo los rosetones de tu cuello erguido al tiempo de las almohadas

Yo empujé tu tráquea hacia el paraíso podrido de los buitres artificiales

|No hay mayor rebelión que hacerte
Edén de los pájaros de los misterios

Un homicidio, dijiste, es un espectáculo teatral con aves falsas e instrumentos de Jubal

Me siento y aplaudo la memoria entrando hacia el infierno de tu cráneo
como olas incansables de incendios líquidos

Cae la cuarta pared en los jardines familiares:
todo el daño de la luz dialoga conmigo

Hago el amor con tu muerte para que abras tus pétalos de buey desollado sobre mi lengua

Huevos negros de mariposas abonan tu flor cadáver como una escultura en el centro de la ciudad: esperan el nacimiento de tus rosetones en frente, cuello, vientre…

Jubal te compondrá una canción como un grito en la primavera de los templos

Dormida regaré un cadáver en mi futuro como un jardín

Mabel
yo te golpeé para sembrarte un arte vegetal que creciera entre los mingitorios de los museos

Mabel
yo te golpeé para convertirte en una flor de carne soltándose a la vida de los anfibios

Mabel
yo te golpeé para que sudaras pestañas eternamente en mi apariencia
y te hice tanto daño como pude
y sentí placer mientras te apagaba una vela ancha en los altiplanos de los girasoles que bucean los días más débiles del planeta

Hago el amor con tu muerte cada segundo desde que te expandiste sobre el lomo arqueado de Nuestra Señora Calavera del Poema:

a un extremo de su erial está mi escritura mascando el dictado de mi sombra, al otro, tu silencio manifestándose en potencia magna al vacío

Riego tu sangre de clavel en fiebre para que crezca firme entre los músculos de mi sexo:

el lugar más fuerte y sensible al vértigo

Allí me creces apagada como un tallo de ceniza junto a los crisantemos puños de carne que cuelgan de mi conciencia y rodean tu frágil resurrección en el patio de las cigarras

Se levantan tus restos entre los rombos para darle paso a la ingeniería de la poesía

y dices molesta hacia los corales:

—Existe una teoría de la leche que explica por qué un pájaro de hielo y un pájaro del misterio vuelan en direcciones opuestas al mismo punto cardinal

Te hundo en mi sombra y te conservo como a un tiburón tras los cristales del invernadero

—Una teoría de la leche es una teoría del poema y también de lo imposible. ¿Quieres morarme en lo que no puede ser?

Mabel, hago el amor con tu muerte

Te escucho obra y eterna en la escritura donde encontré la mortalidad de los gladiolos

y te senté en mis rodillas
y te hallé amarga
y te injurié

Te lloro de belleza, Mabel

*

La naturaleza es la estética de la tiniebla

germinando como un arrullo desconocido

en el desvío de la lengua

*

La naturaleza de la estética es la tiniebla

germinando como un arrullo desconocido

en el gesto de la experiencia

*

La estética es la naturaleza de la tiniebla

germinando como un arrullo desconocido

en el espacio donde micciona la luz

VI
EPÍLOGO

Teoría de la leche

1.

Un poema es un cráneo de leche

2.

La leche es una dramaturgia que desaparece y se dispersa

Una pureza que se mancilla
Un veneno de hambre

3.

Un cráneo tiene el poder de la encarnación

4.

La leche invoca imágenes que bifurcan el cuerpo del lenguaje

5.

Todas las metáforas son lácteas
Avisos de desastres en miniatura

6.

La poesía es un claro de cielo difunto
goteando sus blancas inquietudes
sobre la desnudez de los sobrevivientes

7.

Un poema es profético, como la leche
pero no puede decir el mañana de los hechos
sino el mañana del ser

El futuro es el presente de lo que nunca cambia

8.

La escritura:
inquietud blanca que se nombra de rodillas

9.

Sueños de leche
Mirar hacia el símbolo con los ojos cerrados
es la única forma de llevar su peso

Posfácio

Sobre metáforas lácteas e a natureza da destruição criadora

Ayelén Medail

Mónica Ojeda (Guayaquil, 1988) é uma das vozes mais imponentes da literatura hispano-americana atual. Desde sua primeira obra, sua poética é marcada por uma desobediência aos limites da linguagem dos gêneros literários. Obteve o Prêmio ALBA Narrativa pelo seu primeiro romance, *La desfiguración Silva* (2014). Em 2017, depois de publicar seu segundo romance, *Nefando* (2016), foi incluída na lista Bogota39-2017, como uma das melhores escritoras latino-americanas de ficção. Seu último romance foi *Mandíbula* (2018) e seu primeiro livro de contos *Las voladoras* (2020).

Apesar de a obra em prosa de Ojeda ter maior repercussão e reconhecimento, a autora tem dois livros de poesia: *El ciclo de las piedras* (2015) e *História do leite*. Este seu segundo livro de poemas já conta com duas edições, sendo que a primeira foi publicada no Equador (2019) e a segunda na Espanha (2020), lugar de residência da escritora.

Partindo do fluido materno, *História do leite* é um relato sobre a destruição. Para Mónica Ojeda, "A destruição é criação". A capacidade de criar aparece apenas com a capacidade destruir. Destruir tudo aquilo que faz parte de nós para, assim, renovadxs, podermos construir junto de sua voz poética a história da nossa origem, da origem da poesia.

Tomando como ponto inicial o mito bíblico de Caim e Abel, Ojeda escreve o que o mito nega – a defesa do fratricida. Porém, aqui são Mabel e sua irmã que se debatem frente ao criador, também feminino, a mãe. Mas, para essa defesa, torna-se necessário narrar a origem para desvendar a carga que a família ocidental deposita em seus integrantes. Assim, o livro começa com o *Estudo inicial do sangue*, no qual é possível decifrar as expectativas que os/as progenitores/as colocam sobre seus filhos, mais intensas ainda quando se trata de filhas mulheres. São essas expectativas que delimitam o nosso comportamento. Sua superação e destruição permitem criar uma nova forma de entender-nos no mundo: "Só construímos o nosso sangue / quando o limpamos / da família".

O crime aparece na segunda parte do livro, *Matei minha irmã Mabel.* Os fatos são narrados com uma forte capacidade imagética, permitindo que, como leitorxs, compreendamos a necessidade do sororicídio veiculado por um amor imenso. A morte de Mabel é necessária para que haja poesia – é a violência que gesta os versos e a experimenta quem os escreve. A voz poética ama aos golpes, com a ferocidade e a certeza de que é a única forma de existir, porque é necessário "Morrer algo / para que continue acontecendo eternamente". Somente com o crime consumado é que a capacidade de criar torna-se possível.

As imagens de violência se transfiguram em beleza ao mesmo tempo que as lembranças começam a ocupar um espaço novo. Evocações da infância se mesclam com as recordações de um paraíso (Raguna) e um livro sagrado que a mãe lia para as filhas: *O livro dos abismos*, terceira parte de *História do leite*. As passagens do livro são insuficientes para contar a história do leite, por isso, adicionam novas passagens que justificam a criação através da destruição, colocando o medo como origem de toda a humanidade.

No entanto, assim como Caim foi castigado pelo criador, a "Deus-Mãe" persegue a sororicida para puni-la e vingar a morte de sua filha caçula, dando início à quarta parte deste livro: *Mamãe cólera*. Carregada de ódio e com a ajuda das iras dos mortos, das Fúrias, ela empreende uma perseguição, cujo cenário é a imensidão do mundo andino, berço da autora. A punição não se concretiza, porém a criação é consumada, pois a destruição é definitiva, dando lugar às duas últimas partes do livro.

Em *Botânica de Quincey*, Ojeda cria nove epitáfios de figuras míticas e/ou literárias que vão desde a própria Mabel, a irmã vitimizada, até as Irmãs Garmendia, de *Estrela distante* de Bolaño, passando pelos filhos de Medeia e Duncan. Os epitáfios são alegorias da destruição como criação, nas quais o crime é a gênese da escrita poética – ideia que se cristaliza em vários dos versos de um longo poema que também compõe esta sessão: "Levantam-se teus restos entre os losangos para dar lugar à engenharia da poesia". A culpa da voz sororicida vai se desvanecendo até conseguir uma total admiração pela obra construída a partir do crime e "chorar de beleza".

Para finalizar todo esse percurso da criação poética atravessada pelas disputas familiares, Mónica Ojeda elabora no *Epílogo* uma teoria do leite, espécie de manifesto da criação em que o fluido maternal que alimenta e, ao mesmo tempo, apodrece, é o catalizador da linguagem.

Criar: que comece a destruição.

ÍNDICE DE POEMAS

Este livro foi impresso na gráfica Forma Certa, em papel pólen soft 80 g/m^2 (miolo) e cartão 250g/m^2 (capa) e composto em Garamond e Helvetica.